鬥嘴一班 7

綠色小天使

卓瑩 著

新雅文化事業有限公司
www.sunya.com.hk

目錄

人物介紹

文樂心
（小辮子）
開朗熱情，好奇心強，但有點粗心大意，經常烏龍百出。

高立民
班裏的高材生，為人熱心、孝順，身高是他的致命傷。

江小柔
文靜温柔，善解人意，非常擅長繪畫。

胡直
籃球隊隊員，運動健將，只是學習成績總是不太好。

黃子祺

為人多嘴，愛搞怪，是讓人又愛又恨的搗蛋鬼。

周志明

個性機靈，觀察力強，但為人調皮，容易闖禍。

個性豁達單純，是班裏的開心果，吃是她最愛的事。

謝海詩（海獅）

聰明伶俐，愛表現自己，是個好勝心強的小女皇。

第一章　一個臭屁惹的禍

這天中午時分，當同學們都安坐在教室享用着美味的午餐時，一股濃烈的臭氣忽地襲來，黃子祺捏着鼻子

大嚷：「到底是誰在教室裏放屁如此缺德啊？」

坐在他旁邊的周志明平日最愛跟他一起鬧，但今天他卻一反常態地低頭不語，黃子祺以思疑的眼神望着他：「該不會就是你吧？」

周志明臉一紅，嬉皮笑臉地在他耳邊低語：「不好意思啦，我今天便秘啊！」

黃子祺一聽，捂着嘴巴作嘔吐狀：「噁心啊你，人家還在吃飯呢！」

周志明生怕別人聽見，忙悄聲求饒：「拜託你小聲點行不行嘛！」

黃子祺眼珠伶俐地一骨碌，說：「行，但你得替我擦一天黑板。」

周志明知道他是在趁火打劫，但也只好無奈答應：「好吧！」

就在這時，吳慧珠恰好經過周志明的書桌，然後突然止住腳步，一臉惋惜地望着他的飯盒說：「今天的番茄薯仔很美味呢，怎麼你完全不吃？多浪費！」

他很不以為然地抿了抿嘴：「蔬菜太難吃了，我只愛吃肉。」

「原來你是獅子老虎啊！」吳慧珠哈哈一笑，但她隨即又覺得有點不妥，於是疑惑地問：「可是，你不吃蔬菜不會沒有便便嗎？」

身旁的黃子祺忍不住嗤笑一聲道：「他現在便在鬧便秘啦，剛才還放了一個大臭屁呢！」

吳慧珠「哇」的一聲，急忙掩着鼻子逃開去。

周志明惱羞成怒地指着黃子祺罵道：

你居然出賣我，
可惡！

黃子祺自知理虧，忙一個箭步向着教室門口奔去，嘴裏陪着笑說：「對不起啦，我不是故意的啊！」

周志明眼看自己追趕不上，但又下不了這口氣，於是不假思索地打開筆記簿，隨手撕下好幾張白紙，再揉成一團，像飛彈似的朝黃子祺的方向連續擲了好幾球。

怎料其中一個紙團，竟不偏不倚落在路過的羅校長腳下。

「糟糕！」

周志明和黃子祺都大驚失色，一時也不知該逃跑還是該老老實實自首才好。

二人正遲疑之際，羅校長已經俯身把紙團一一拾起，還把它們逐一攤開來看了一眼，然後才緩緩地跨進教室。

羅校長步進教室後，卻並未有立即質問紙團的事，反而在桌子與桌子之間的走道上慢慢巡察了一番，最後才在周志明的桌前停了下來。

周志明心驚膽戰，以為羅校長要責備自己，誰知羅校長指着他桌上那個尚未收拾的飯盒問：「你已經吃飽了嗎？」

周志明看不透他的用意，只好傻

乎乎地點了點頭。

大家見羅校長一臉嚴肅，都不由得屏息靜氣，以為他會把周志明訓斥一頓，然而羅校長只沉吟了一會，便一聲不吭地離開教室，誰也搞不懂他的心思。

羅校長一走遠，教室便沸騰起來。

吳慧珠吐了吐舌頭，悄聲說：「哇，我從來沒見過羅校長這麼嚴肅呢！」

她的鄰座江小柔拍了拍胸口道：「嚇死人了，幸好他沒有往我這邊看。」

坐在黃子祺和周志明旁邊的高立民，怪里怪氣地嚇唬他們：「哎喲，羅校長看起來挺兇呢，你們可得小心了！」

黃子祺連忙否認：

周志明見黃子祺把事情推得一乾二淨，生氣極了，趕忙為自己抗辯：

「若不是你口不擇言，我又怎麼會這樣做？」

同學們沒聽見黃子祺跟周志明的對話，但周志明向黃子祺扔紙團的事，大家卻全都有目共睹，於是大家都指責周志明：「你不可以隨便誣告別人啊！」

周志明感到很冤屈，然而他總不能告訴大家，這一切皆由他自己放的一個臭屁引起的吧？他只好憤憤地瞪着黃子祺作無聲抗議。

心知肚明的黃子祺連忙擺出一張笑臉，在他耳邊小聲哄道：「我的好兄弟，對不起啦，你就別生氣嘛！頂多我把爸爸剛買給我的遙控車借給你玩一個星期，行了吧？」

聽到「遙控車」三個字，周志明的氣即時消減一大半，開心地咧嘴笑說：「這是你說的，可不許再賴皮啊！」

第二章 害羣之馬

自從發生擲紙團事件後，周志明和黃子祺時刻提心吊膽，每次見到羅校長都心虛地繞道而行，生怕會被羅校長追究紙團的事。

一天的午飯時間，羅校長毫無預警地又再走進教室裏，本來鬧哄哄的教室一時間變得寂然無聲。

周志明一見到羅校長，霎時心慌意亂地碰了碰黃子祺的手肘，連聲問：「慘了，羅校長一定是來找我們算賬的，怎麼辦？怎麼辦？」

「我怎麼知道啊？」黃子祺也沒了主意，眼看羅校長向着他們步步進逼，嚇得把頭一縮，裝出一副專心吃飯的樣子，羅校長每走一步，他的心窩都撲通撲通地跟着跳。

不過，羅校長只是靜靜地巡視着四周，似乎並未注意到他們倆，逗留了一會便轉身離去。

羅校長離開後，周志明才鬆了一口氣：「我想，羅校長應該已經忘了那天的事吧？」

剛才還畏畏縮縮的黃子祺，現在卻洋洋得意地笑說：「一校之長果然不同凡響，胸襟真的特別廣闊啊！」

文樂心憤憤不平地說：「羅校長怎麼能這麼輕易放過他們啊？真不公平！」

高立民壞壞地一笑：「小辮子你急什麼？也許校長已經把他們的惡行記錄在案，只待學期終結時才跟他們一併算賬呢！」

謝海詩托了托眼鏡，一臉幸災樂禍地冷笑道：「嘿嘿，說不定羅校長已經打了電話給他們的媽媽告狀去了啦！」

對於大家的冷嘲熱諷，黃子祺一概沒有放在心上，只輕鬆地聳聳肩道：「你們別危言聳聽了，羅校長日理萬機，才不會像你們這樣斤斤計較呢！」

隨着日子一天天過去，當大家都以為羅校長已經放過他們的時候，羅校長忽然在周會上宣布：「最近我曾經到訪各班的教室，發現有同學將沒用過的紙張隨意丟棄；同學們每天午飯後的剩飯分量也很多，造成極大的浪費。

故此，我決定從下星期開始在學校全面推行綠色運動，主要包括節約能源、資源回收以及綠化校園三方面，希望大家能藉此學會珍惜資源。」

坐在台下的高立民一聽，即時舉一反三地指着黃子祺和周志明，得意地悄聲跟胡直説：「我就是説嘛，羅校長怎麼可能輕易放過他們？」

胡直吃吃笑道：「羅校長真是英明。」

他們話音剛落，羅校長又再接續說：「學校將會把操場旁邊的小園地挪出來作為各班級耕作之用，每班都得負責種植一小塊農田，每星期會由班主任就各班的表現作出評分，看看哪一班能成為學校的『綠色小天使』。」

高立民一皺眉：「耕作這回事我可完全不在行啊！」

文樂心也扁着嘴咕嚕：「校長説要評分，這豈不是意味着我們又多了一份苦差？我們早已有做不完的功課了嘛！」

然而，羅校長的話還沒有說完：「至於在午膳方面，學校也會作出相應的安排，把午餐飯菜的分量調整一下，希望可以減少剩飯，救救地球。」

吳慧珠下意識捂住肚皮，有些擔憂地嘟起小嘴說：「那……那我往後還能吃得飽嗎？」

謝海詩倒是一臉不滿地道：「明明只是少數害羣之馬犯的錯，為什麼卻要全體同學陪他們受罰？」

大家聞言都連聲附和，紛紛以責備的目光盯着周志明，彷彿在說：「都是你害的，你是害人精！」

周志明被大家盯得既羞愧又難堪，不禁委屈地喃喃自語：「這是校長的決定，怎麼能怪我呢？」

第三章 闖禍精當上回收大使

隔天早上，班主任徐老師剛踏進教室便對大家說：「相信同學都知道我們的綠色運動將會集中在節約能源、資源回收和綠化校園三方面，為了令活動進行得更順暢，我會把全班分為三組，每組由兩位環保大使負責帶領大家。」

「首先，我們要選出兩位節能大使。他們的責任就是控制班上的資

源運用。譬如説，在夏天的時候，我們應該把空調的恆溫設在不低於攝氏二十五度，這樣氣溫既不會過低，也可以省卻不必要的電源。」徐老師目光炯炯地望向眾人，「請問有誰願意為大家服務？」

同學們對這個活動都挺感興趣，但由於對「節能大使」的實際工作仍不甚了解，誰也不敢輕舉妄動，一雙雙好奇的大眼睛只骨碌碌地往左右偷瞄着，看看誰有膽量毛遂自薦。

　　文樂心剛聽罷老師的話，心裏便已經躍躍欲試，然而礙於其他人都按兵不動，連帶她也有點遲疑，不過她最終還是鼓起勇氣率先舉手道：「徐老師，我想做做看。」

　　本來還在猶豫的高立民，也連忙不甘後人地主動提出：「老師，我也想試一試！」

徐老師見他倆如此熱心，讚許地點點頭道：「好的，節能大使便由你們出任吧！」

徐老師才決定下來，文樂心便迫不及待地跟高立民低聲商議：「我們該怎麼節能才好？」

高立民從容不迫地說：「教室裏最大的能源就是電，只要管好電掣就好了啦！」

文樂心仍然一臉茫然地問：「那麼到底我們要做些什麼？」

高立民有些受不了她，乾脆直截了當地說：「很簡單，往後班裏的電掣，我開你關，怎麼樣？」

原來就是這麼簡單啊！

文樂心很高興，連忙爽快地答應：「我開你關？好呀！」

這時，徐老師又接着說：「接下來我們便要選出資源回收大使，請問哪位同學願意擔任呢？」

有了文樂心和高立民身先士卒，其他同學也不想錯過，紛紛爭相舉手參與。

徐老師瞄了眾人一眼後，才緩緩地說：「回收大使的職責，顧名思義就是負責把每天的廢紙及剩飯收集起來，以便循環再用。」

原本已經舉手的同學，一聽到回收大使原來要負責收拾剩飯，都不約而同地悄悄把手縮了回去，唯獨坐在最前排的吳慧珠無知無覺，仍然把手舉得比天高。

徐老師指着唯一的她道：「真好，我們有吳慧珠同學願意為大家付出。」

徐老師頓了頓又説：「不過我

們尚欠一位大使，不如你多找一位同學跟你一起搭檔，好嗎？」

「怎麼會只剩下我一個的？」吳慧珠嚇了一跳，連忙扭過頭往後看。

其他同學見搭檔的人是吳慧珠，就更不願意參與了，一個個都把頭垂得低低的，生怕會不幸被她點中。

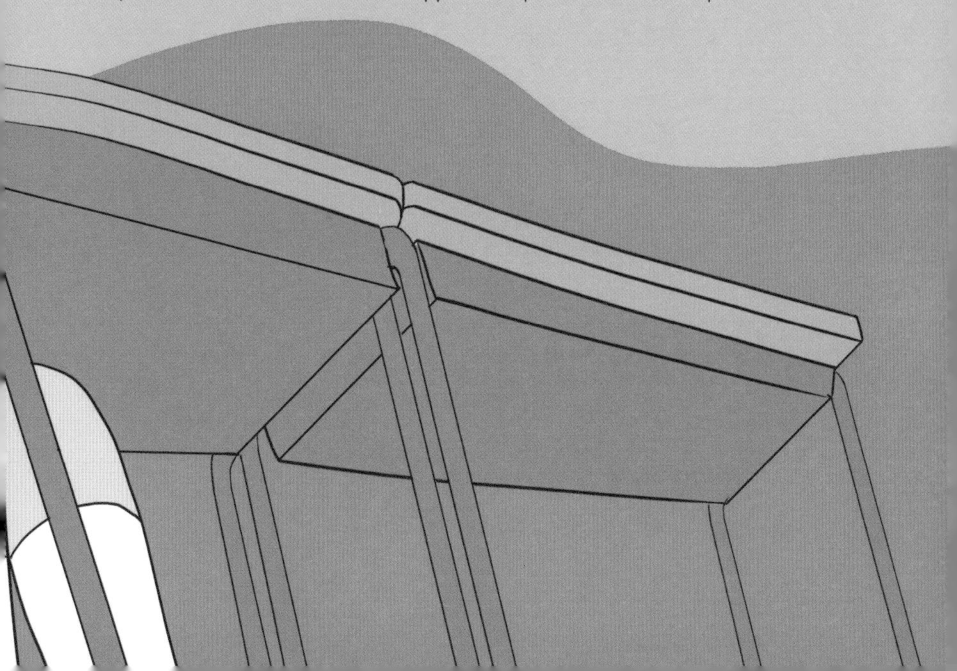

吳慧珠見狀不禁感到很是窘迫，教室裏的氣氛一下子變得有點尷尬。

坐在後排的謝海詩把一切看在眼內，搖頭歎道：「唉，真夠丟人的！」忍不住舉手道：「徐老師，請算我一份吧！」

「很好。」徐老師欣賞地笑笑。

黃子祺低聲譏笑：「跟一個闖禍精合作，根本就是自討苦吃嘛！」

謝海詩瞪他一眼：「哼，要你管！」

這時，徐老師又繼續說：「最後一組是綠化大使，而他們的主要任務就是帶領全班同學利用有機肥料施肥耕作。哪位同學有信心可以勝任？」

大家對於種植的興趣特別濃厚，即時有一半以上的同學舉手，反應是

三項之中最熱烈的。

徐老師思量片刻後，最終挑了江小柔和胡直擔任大使，並笑着鼓勵大家道：「加油啊，希望你們能成為學校的『綠色小天使』啦！」

小息的時候，吳慧珠來到謝海詩桌前，一臉感激地說：「海詩，剛才謝謝你替我解圍啊！」

謝海詩托了托眼鏡，語氣平淡地說：「道謝倒是不必，我只想拜託你好好幹，千萬別出什麼差錯才好。」

「遵命！」吳慧珠舉起手，裝模作樣地向她敬了個禮，逗得向來不苟言笑的謝海詩也忍不住笑起來。

第四章 可憐的偏食大王

綠色運動正式展開的第一天午飯時間，回收大使吳慧珠和謝海詩在徐老師的帶領下，推着一架盛滿好幾盆飯菜的手推車走進教室來。

徐老師指了指手推車上的飯菜

說：「鑑於每位同學的食量不一，從今天開始，我們會按照同學所需的分量提供飯菜，請大家通力合作，務求達到零剩飯的目標。」

在徐老師的指揮下，大家捧着自家帶備的餐盒，一個挨着一個地來到課室前方排隊，等待吳慧珠和謝海詩把飯菜分配給他們。

熱騰騰的飯菜香氣四溢，令人垂涎三尺，還在等待着的同學早已飢腸轆轆。

周志明一邊捂着肚皮一邊在嘮嘮叨叨：「豬豬，你的動作能不能快一點？我都快要餓死了！」

難得肩負重任的吳慧珠，心中早已有點戰戰兢兢，再經他在旁催促，更是手忙腳亂，拿着勺子的手不受控地一抖，勺子上滾燙的飯菜便往旁邊潑灑，恰好向着正要把餐盒遞給她的江小柔濺去。

豬豬，
你的動
作能不
能快一
點？

「呀！」江小柔驚呼一聲。

吳慧珠頓時臉色刷白，嚇得手足無措，幸虧旁邊的胡直眼明手快，迅速把小柔拉開，才總算避過一劫。

「珠珠你怎麼搞的？小柔差一點便被燙傷了呢！」文樂心為小柔抱不平。

吳慧珠自己也驚出一把冷汗，趕緊連聲道歉：「小柔，對不起啊，我不是故意的。」

徐老師聞聲立刻趕過來，關切地問：「小柔，你沒受傷吧？」

江小柔回過神來，拍了拍胸口道：「老師請放心，我沒事。」

徐老師這才安心地點點頭，然後回頭安撫吳慧珠道：「別着急，慢慢來，安全第一啊！」

謝海詩狠狠地瞪了周志明一眼，埋怨道：「都是你，催什麼啊，把人都催得暈了頭呢！」

周志明不服氣地輕哼一聲：「她出錯關我什麼事？反正她本來就是個闖禍精啦！」

唯恐天下不亂的黃子祺連忙插嘴：「豬豬，你不要推卸責任啊！」

正忙着為同學盛飯的徐老師聞言橫了他們一眼，他們倆立時閉嘴不語，但吳慧珠心裏還是感到既內疚又

委屈，卻又不知該如何辯解，只好低聲嘟囔：「我分明就是因為他才慌了手腳嘛！」

她的拍檔謝海詩朝她擠了擠眼，悄聲地說：「我有辦法對付他。」

當終於輪到周志明取飯的時候，他指着眼前一盆盆的餸菜，不客氣地吩咐道：「全部蔬菜我都不要，只給我肉就好了。」

謝海詩故意板起臉孔說：「不行。徐老師囑咐過，我們一定要保持飲食均衡，不可偏食。」

在為他盛餸

菜時，吳慧珠特意把蔬菜的比例調高，嘴裏還一本正經地道：「老師說我們要以零剩飯為目標，所以大家都得把飯菜全部吃光光啊！」

徐老師也笑着接口道：「對啊，我們要珍惜食物呀！」

周志明看着自己的午餐，哭喪着臉說：「蔬菜這麼難吃，怎麼吃得下啊？」

不料他此話一出，全班同學馬上嚴厲地指着他說：「不行，你一定要把它吃完！」

就連跟他最要好的黃子祺也幸災

樂禍地笑道：「你就乖乖把它吃掉吧，我們可不能輸啊！」

在老師和同學的雙重壓力下，周志明只好抱着吃苦藥的心情，勉為其難地把餐盒裏的紅蘿蔔、白菜等蔬菜，統統塞進嘴裏去。

看着他吃飯時那張可憐兮兮的苦瓜臉，吳慧珠和謝海詩暗中交換了一個淘氣的微笑。

第五章 自討苦吃

午飯過後，吳慧珠把一個膠桶子放在課室前方，吩咐同學說：「從今天開始，請大家把餐盒內吃剩的飯菜或食物殘渣，全部倒進這個桶子內。」

胡直疑惑地問：「骨頭也可以嗎？」

文樂心也問：「珠珠，生果皮可以嗎？」

「這個嘛……」吳慧珠被問倒了，傻乎乎地撓着頭，不知該怎麼回答。

忽然，一把肯定的聲音插進來：「可以的。」

大家抬頭一看，只見坐在教師桌旁跟他們一起用餐的徐老師說：「學校剛添置了好幾台廚餘處理機，能在短短一天內把廚餘分解成有機肥料，達到循環再用的效果。」

江小柔驚訝地喊：「一天就行？很神奇啊！」

由於今天同學們都只拿取自己能吃的食物分量，故此剩飯其實很少，很快便收集完畢了。

「到底廚餘處理機有多神奇呢？有興趣的同學可以隨我來。」徐老師故意賣關子地轉身步出教室。

一眾好奇心極強的同學，連忙跟着徐老師來到操場。

操場的旁邊，有一條通往其他教室的長走廊，走廊的盡處放着幾台約

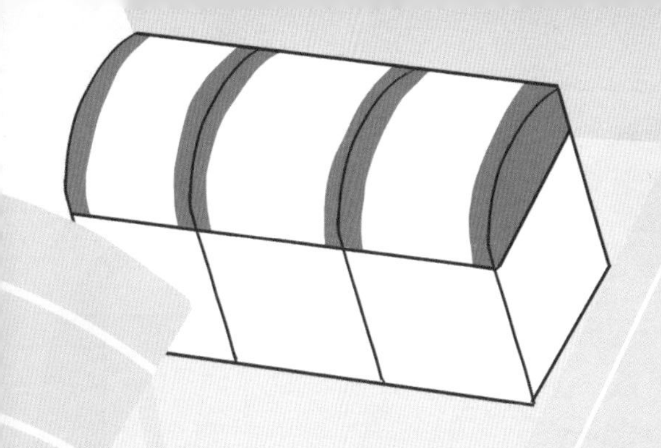

一米高的機器，相信就是廚餘處理機了。

當高立民見到廚餘處理機時，不免有些失望地說：「原來廚餘處理機的外型和體積，都跟我家那部洗衣機差不了多少啊！」

黃子祺皺了皺眉，有些不信任地問：「這麼小的機器能有什麼用？」

這時，吳慧珠和謝海詩把盛着剩飯的小桶子放到徐老師身旁，徐老師

不慌不忙地打開廚餘處理機的頂部，然後提起那個小桶子，把剩飯一股腦兒地傾進廚餘處理機裏去。

「我們只需把蓋子蓋好，再按一下開關按鈕，它便會自動運行，直至廚餘被完全分解為止。」徐老師邊說邊利落地完成連串動作，廚餘機便隨即開動。

高立民難以置信地睜大眼睛：「怎麼？居然連廚餘也不必碰一下就搞定了？」

徐老師笑笑說。

黃子祺萬分懊悔，不禁跺腳道：「哎喲，早知如此，當初我才不要白白把當回收大使的機會讓給吳慧珠呢！」

他說話的聲浪雖然不高，但沒想到還是被徐老師聽到了。

徐老師微笑着嘉許道：「吳慧珠和謝海詩二人既要負責分配飯餐，又得把收集到的剩飯分解，其實我也有點擔心她們會應付不來。現在難得你如此熱心，把剩飯收集和分解的工作，不如就由你來負責吧，好嗎？」

黃子祺心裏暗叫不好：「我只是說說而已，徐老師怎麼就當真了？」

雖然很不情願，但是徐老師話已出口，他哪兒還敢說一個「不」字？只好迫不得已地答應。

「好孩子。」徐老師滿意地笑着走開了。

在旁目擊整個過程的高立民，忍不住「格格」地笑道：「黃子祺，恭喜你當上回收大使啊！」

其他不知內情的同學聞言，無不露出羨慕的神色，道：「你真幸運，我也很想試一試呢！」

為了顧全面子，黃子祺只好擠出笑臉道：「對啊，應該挺好玩的呢！」

然而，當他想到自己往後每天都得跟一堆噁心的剩飯為伍時，心中便暗暗叫苦：「唉，這回我真的是自討苦吃了！」

第六章 沒有免費的空調

這天的天色一直都是灰蒙蒙的，像頂着一個大包袱似的沉重，偶爾還微微地灑下幾場小雨。

小雨過後，大地滲着一片涼意，

正好為炎熱的夏日消減一點暑氣，倒也來得挺合時。

　　只不過，對於剛在操場上打完一場激烈籃球賽的高立民、黃子祺和胡直來説，這一丁點的涼意似乎未能起什麼作用。

他們氣喘吁吁地回到教室後，很自然便第一時間啟動空調，然後安坐在座位上享受舒適的涼風去了。

然而，高立民才剛回到座位，還來不及坐下，鄰座的文樂心便霍地站起身來，騰騰地跑到教室門旁，「啪」的一聲把空調關掉。

三位男生詫異極了，異口同聲地問：「噓，小辮子，你在搞什麼鬼？」

文樂心睜着一雙精靈的大眼睛，疑惑地反問他們：「難道你們忘了學校正在推行綠色運動嗎？我們得節約能源啊！」

高立民不以為意地擺擺手：「小辮子，雖然我們是該節約能源沒錯，但既然大家都覺得熱，開開空調涼快一下也沒什麼不對吧？」

他本以為文樂心必定不會反對，沒想到她竟然搖搖頭回答說：「當然不對啦！」

她往黑板旁邊的一個溫度計指了指，解釋說：「你們看，現在的室內氣溫只有攝氏二十七度。徐老師建議的最低恆溫標準，不也只是攝氏二十五度而已嗎？我們有電風扇已經很足夠，為什麼還要開空調？」

提到徐老師的話，同樣身為節能大使的高立民心頭一虛，怯怯的說不出話來。

黃子祺卻一點也不賣文樂心的賬，仍然不滿地反駁：「徐老師的確曾經這麼說過，但你在執行時也得靈活變通啊，你沒看見我們都已經汗流浹背了嗎？」

文樂心一本正經地說：

黃子祺和高立民都為之語塞，本來喧囂的教室一時鴉雀無聲，大家都目光一致地望着文樂心。

當她發現所有人都看着自己時，心裏不由得產生了疑問：「難道其他同學也不認同我的做法？」

正當她遲疑着是否該就此妥協時，謝海詩忽然拍掌歡呼：「心心，做得好！」

有謝海詩帶頭，同學們當即一呼百應地爆出一片響亮的掌聲。

「為了節省能源，我們一定要堅持原則啊！」

「我們班一定要成為『綠色小天使』！」

得到大家的讚許，文樂心這才既驚喜又安心地笑了。

黃子祺雖然不服氣，但也不敢與全班同學為敵，只好抽了抽鼻子，輕哼一聲：「不開就不開，有什麼了不起？」

他猛地跳起身來，朝高立民和胡直打了個手勢道：「兄弟們，我們走！」然後便賭氣地往外跑。

高立民和胡直對望了一眼，心裏其實都不太願意，但又不好拒絕他，只好勉為其難地跟着他一起走出教室。

踏出教室，高立民忍不住問：「到處都熱乎乎的，我們要去哪兒啊？」

黃子祺想了想，忽然目光一亮：「我想起來呢，圖書館不是長期開着空調嗎？我們去那兒待一待不就行了？」

「好主意啊！」高立民和胡直都高興得拍手叫好。

可是，當他們推開圖書館的門走進去時，才發現圖書館裏原來早就擠滿了人，別說要找個座位，連站的位置都幾乎沒有了。

黃子祺看傻了眼，問道：「我們學校的同學什麼時候變得如此用功的？」

聰明的高立民有些明白了：「看

來大夥兒都像我們一樣，教室裏不能開空調，便只好一股腦兒往圖書館裏鑽嘍！」

圖書館這下子變得十分侷促，即使開了空調也無濟於事。

「要命，這兒的空氣比起教室裏還要悶熱，我們倒不如老老實實地待

在教室裏更好！」胡直熱得乾脆以手作扇，撥個不停。

高立民歎一口氣道：「原來根本就沒有免費空調這回事啊！」

黃子祺也很後悔，但又拉不下臉就此回去，只好一臉抱歉地說：「對不起啦，我也沒料到會這樣嘛！」

第七章 最棒的農夫

在一個晴朗的午後，徐老師帶着全班同學浩浩蕩蕩地來到操場旁邊那塊小空地。

這塊小空地原本只長着一些雜草，供同學們休憩之用，現在卻變成了他們的耕地。

徐老師一邊拿起一把鋤頭往地上鋤，一邊向同學解說着：「在下種之前，我們得先用鋤頭把泥土翻開，這

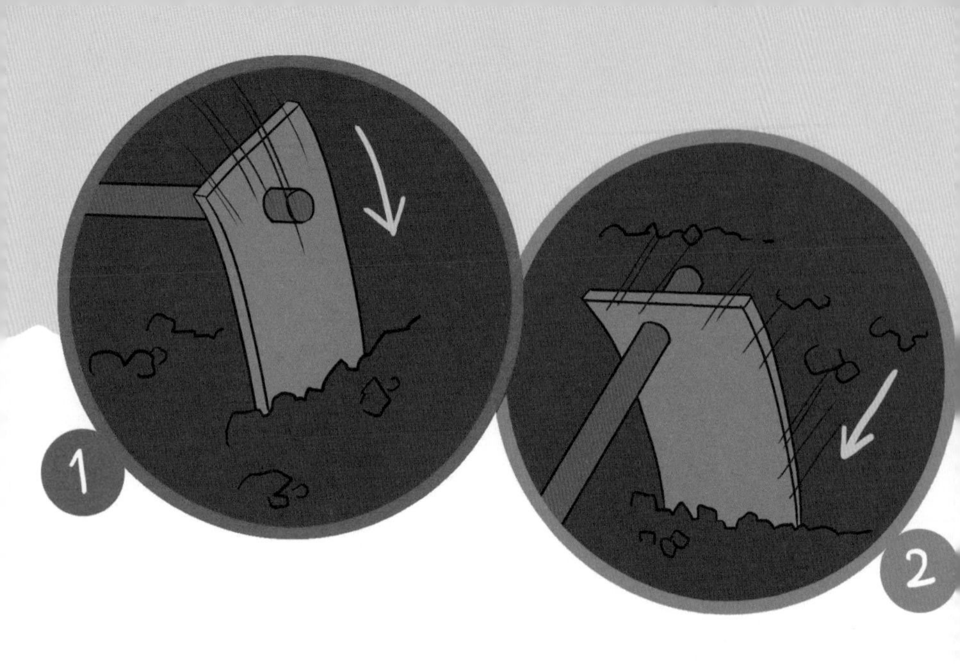

樣可以疏鬆泥土，增加土壤裏的含氧量，促進植物生長。」

大家看着徐老師輕鬆地把鋤頭鋤入泥土中，再把鋤頭往自己跟前輕輕一拉，一下接着一下，毫不費勁便把她跟前那一角的泥土翻好了，大家都覺得有趣極了。

文樂心興致勃勃地說：「這就是翻土嗎？看來也挺簡單的嘛！」

江小柔也興奮地說：「對啊，好像很好玩的樣子呢！」

徐老師笑着把鋤頭交給文樂心：「好，那就由你來試試看吧！」

文樂心接過鋤頭後，便模仿着徐老師的動作把鋤頭提起來，但她沒料到那把鋤頭原來挺沉的，她使盡力氣把鋤頭往地上一鋤一拉，可是卻用力過猛，把地上的泥土都撥到她旁邊的高立民身上去。

幸好高立民身手敏捷，趕快閃身躲開去了，卻忍不住生氣地向文樂心罵過去：「小辮子，你這是要鋤地還是要鋤人啊？」

文樂心忙連聲道歉：「對不起，對不起，我不是故意的，我只是有點控制不了這把鋤頭。」

「笨蛋！」高立民沒好氣地罵了一聲，走上前從她手上接過鋤頭道：「還是讓我來試試吧！」

高立民經常在媽媽經營的水果店裏幫忙，鍛煉出一身好力氣，拿起鋤頭來也像模像樣，他得意地朝文樂心一揚眉道：「看吧，這樣才是翻土呢！」

文樂心有點不服氣地說：「神氣什麼？你是男生，當然比我們女生力氣大。」

當他們把土翻好後，徐老師便把一個盛着一堆深棕色泥土的桶子放在大家面前，問：「大家猜猜看這是什麼？」

謝海詩搶着説：「我知道，是肥料！」

「答對了！我們在下種之前，得先施肥一次，往後大概每隔三、四天再施肥一次即可。至於這些肥料

……」徐老師看了大家一眼才接着說，「就是利用你們吃剩的飯菜分解出來的啊！」

徐老師拿着鏟子在田裏先挖出一個小洞，再勺一些肥料進去，然後用鏟子把肥料和附近的泥土混和，最後才小心翼翼地把一根小菜苗栽進泥土裏去。

徐老師示範完畢後，便捧着一大

盤生菜苗和番茄苗走過來說：「現在輪到你們動手了，記得別把苗埋得太深，只要泥土能剛好把苗的根部覆蓋住就行了。」

從來沒有當過農夫的同學，覺得翻土施肥這種工作很新鮮，都爭先恐後地想要試試。

可惜他們大多都沒有種植的經驗，把菜苗移植下去的時候，難免表現得笨手笨腳，把菜苗植得歪歪斜斜的，只好請徐老師替他們一一修正，唯獨江小柔是例外。

文樂心豎起大拇指讚道：「小柔，

還是你最棒！」

謝海詩朝高立民示威地一揚眉：「看，你們男生的確是力氣大，但論手巧，你們便絕對比不上我們女生。」

她的話黃子祺第一個不同意：「開玩笑，有什麼是我們男生做不來的？」

謝海詩抿了抿嘴道：「若論手巧，有誰比小柔做得更好？我相信她種出來的菜，一定會比你們的強壯得多！」

「對啊，小柔一定會是最棒的農夫！」文樂心也趕緊接口道。

黃子祺帶點挑戰的口吻說：「現在說未免太早了吧？是好是壞，等收成的時候才知道啊！」

女生們眾口一聲地說：「好呀，那我們就等着瞧啊！」

第八章 真正的浪費大王

綠色運動不知不覺推行了一星期，而今天就是公布第一輪評分的日子，大家都萬分期待。

黃子祺自信滿滿地說：「我們這麼努力，必定會是全級第一啦！」

身為節能大使的文樂心挺了挺身子，嘿嘿一笑說：「上星期我們幾乎沒怎麼開空調，出入也會關電掣，相信沒有哪一班比我們更節約了吧？」

吳慧珠也趕緊邀功地說：「我們的資源回收也做得很不錯喲，每天為大家分配飯菜，剩飯的分量已經減至最少，就連用過的廢紙也全部收集起來循環再用，應該可以拿滿分吧？」

胡直輕咳一聲接口道：「我們綠化校園組更不用說了，施肥的肥料全都是有機肥料，剛植下的生菜苗和番茄苗，很快便長出許多嫩綠的新葉來了呢！」

大家都滿以為他們可以成為全級第一，豈料評分排行榜在校務處的公告欄一公布，倒真是晴天霹靂，他們班非但未能成為全級第一名，反倒是全校的浪費大王！

看到這個驚人的成績，大家都目瞪口呆。

黃子祺激動得一揮空拳：「怎麼可能會這樣？」

「對啊，我們都已經很努力了，即使還未做到最好，也不至於會是全校最差的吧？」文樂心也對這個出人意表的成績存有質疑。

高立民猜測道：「該不會是老師打錯分吧？」

謝海詩表現最冷靜，只聳聳肩道：「何必瞎猜？我們直接找徐老師問個究竟不就行了？」

吳慧珠也連聲答道：「沒錯！即使老師沒有打錯分

數，我們也得查個水落石出，免得重蹈覆轍。」

當徐老師來上課的時候，大家都紛紛向她追問原因，可是連老師也一臉困惑，還反問他們：「你們在資源回收和綠化校園這兩方面都做得很不錯，唯獨在節能方面，你們的用電量卻有增無減，我也很想了解一下為什麼會如此。」

黃子祺很是愕然，問道：「我們

好不容易連空調也忍住沒開了，用電量怎麼可能反而增加了呢？」

這麼一問，大家的焦點便轉而落在兩位節能大使身上。

文樂心和高立民面面相覷，顯然連他們也摸不着頭腦。

猛然間，文樂心好像想起什麼似的瞪着高立民問：「該不會是你下課後忘了把教室裏的電掣關掉吧？」

高立民吃驚地一直身子，失聲喊道：「不會吧？下課後負責關電掣的人不是你嗎？」

文樂心一呆，好不詫異地回嘴：「什麼嘛？明明說好是我開你關啊，不是嗎？」

高立民聽得頭皮發麻，生氣地道：「是你關我開，不是我關你開啊，笨女生！」

大家看着他們你你我我的爭辯不休，才總算弄明白前因後果：「原來就是你們害得我們成為浪費大王！」

黃子祺想起自己為了省電而流了不少汗水，但最終還是白忙一場，忍不住氣得指着文樂心説：「你才是真正的浪費大王！」

文樂心難過得紅了眼睛：「對不

起啊，我真的不是故意的啦！」

徐老師見他們吵開了，趕緊嚴厲地制止：「雖然老師選了同學當節能大使，但這並不代表其他人便可以對事情不聞不問。現在出問題了，便把過錯全怪在一個人身上，你們這樣做對嗎？」

大家都沉默了。

徐老師環視了一下眾人，才又接着説：「這樣吧，從今天開始，你們全體輪流負責電掣開關，然後再由節能大使作最後巡查，大家互相提點，以免再犯上同樣的差錯。」

第九章 天有不測之風雲

自從有了自己的農地後，大家都很積極地參與灌溉工作，身為負責人的胡直和江小柔就更不消說了，幾乎每天都到田裏去為他們的生菜苗和番茄苗量高拔草，照顧得無微不至。

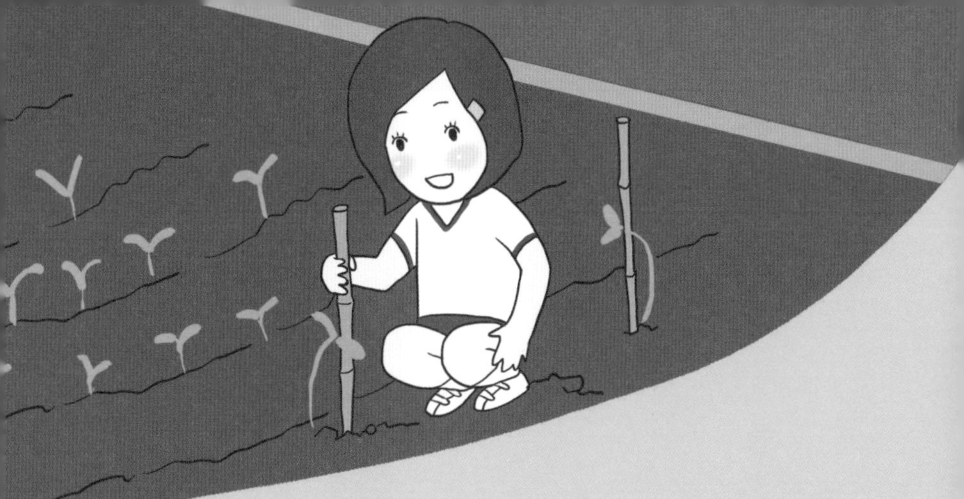

胡直一邊拿着尺子量高，一邊興奮地跟江小柔說：「小柔你看，這些番茄已經長高了好幾厘米，看來很快便可以長出花蕾來呢！」

江小柔笑着走到擺放農具的架子上，取出一束纖幼的小竹竿，然後回到菜田旁邊，分別把一根根小竹竿插在每一棵番茄的旁邊，讓番茄的莖部輕輕地依傍着它，並用繩子固定下來。

吳慧珠奇怪地問：「小柔，你在幹什麼？」

「我在為它加一根枴杖啊！」江小柔幽默地一笑，「番茄的莖部比較柔軟，長高後便必須加一根竹竿作支撐，否則莖部便會往下倒。」

吳慧珠驚訝地問：

江小柔害羞得紅了臉，説：「我媽媽是烹飪導師，她很喜歡在家中的陽台上種一些蔬菜類的植物自用，我家裏恰巧也種了一盆番茄呢！」

文樂心用手支着頭，仔細地端詳着番茄，滿懷期待地問：「我們還要等多久才能收成啊？」

「大概一個多月吧。」江小柔説。

吳慧珠舔了舔舌頭，歎道：「唉喲，一個多月太久了吧？如果現在就有又紅又大的番茄就好了！」

大家都忍不住取笑她：「貪吃鬼！」

一個星期五的下午放學後，天空忽然風雲變色，由本來晴朗的天色轉為昏暗，到了傍晚時分還開始下起滂沱大雨。

這天晚上，江小柔站在窗前，擔憂地仰望着一直在痛哭的夜空，想到自己親手栽種的那片園地此刻正受着

風吹雨打時，心裏便滿是忐忑。

這場雨不但下得兇狠，還伴隨着一陣接一陣的狂風，即便是她家裏那

些躲在陽台下的小盆栽，也被吹得搖來晃去，更何況是操場上那片毫無遮擋的菜田呢？

江小柔幽幽地問媽媽：「這場雨下得那麼兇，你覺得學校裏的生菜和番茄能承受得了嗎？」

江媽媽微笑着安慰她道：「無論動物或植物都會有它們的生存本能，並非你所想像的那麼脆弱。」

聽到媽媽這麼說，江小柔才略為寬心，然而到了第二天早上，當她一覺醒來，發現外面仍然下着狂風暴雨時，她的心猛然一沉，忍不住開口央求媽媽：「求求你讓我回校一趟吧！」

江媽媽搖搖頭道：「今天是周末，沒有老師在場，學校的工友們是不會允許你亂來的。」

江小柔只好祈求上天能手下留情，可是大雨始終下個沒完。

等到星期一回到學校，經過連場暴雨的沖擊，田裏的生菜和番茄早已被打得七零八落，看着眼前慘烈的景象，同學們都十分難過，江小柔更是內疚得哭了起來：「對不起啊，都是我不好，我應該為它們做好防風措施的！」

跟她最要好的朋友文樂心立刻上前安慰道：「天有不測之風雲，這怎麼能怪你呢？」

胡直也趕緊答腔：「對啊，要不然，我們重新再種吧！」

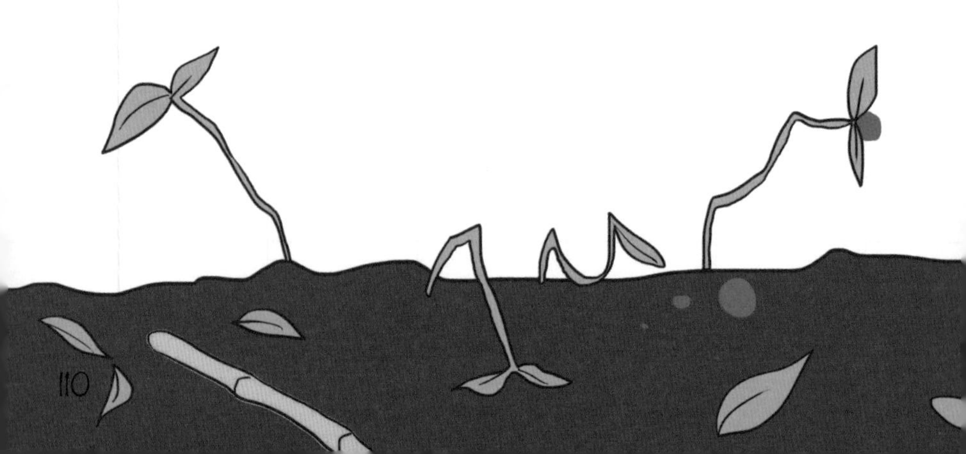

謝海詩也拍拍胸膛道：「放心吧小柔，只要我們同心協力，我相信我們一定可以種出比之前更鮮嫩的蔬菜來！」

大家連聲附和道：「沒錯，我們一起努力吧！」

得到大家的鼓勵，江小柔的心情才總算回轉過來，點點頭道：「好，我們一起努力吧！」

第十章 粒粒皆辛苦

連續下了好幾天大雨後，這個星期終於雨過天晴了。

這天午飯後，同學們相約來到田裏，預備重新翻土耕作。

他們這次不再比拼誰勝誰負，而是同心協力，力氣大的男生們便負責提起鋤頭翻土和施肥，細心的女生

們則負責把生菜苗和番茄苗移植到泥土中，大家還一起合力在農田的四周搭建穩固的木棚架，以便再遇暴風雨時，可以在田的上方加設防風設施。

休息了好幾天的太陽，顯得分外神采飛揚，再加上時值中午，罩照在大家頭上的光芒，也就越發令人覺得火熱。

文樂心摸了摸炙熱的頭頂，誇張地說：「哇，我的頭髮會不會冒出火來？」

「嗯，很好啊，那麼你的那兩根小辮子便可以用來點火了，嘿嘿！」高立民呵呵地笑。

文樂心撓了撓自己的辮子，朝他厭惡地聳了聳鼻頭道：「可惡，我的辮子什麼時候惹到你了？」

頭髮當然不會真的起火，汗水卻倒是免不了，每個人都汗如雨下，特別是拿着鋤頭的男生們。

周志明一邊鋤着泥土，一邊氣喘吁吁地歎道：「噓，原來當農夫既要日曬雨淋，又得承受天災帶來的風險，果然真的是粒粒皆辛苦啊！」

吳慧珠朝他一抿嘴，取笑着道：「既然知道農夫辛苦，那麼請你以後不要再浪費農夫的心血了啊！」

周志明還未答話，站在吳慧珠身旁的黃子祺忽然對她殷勤地微笑說：「珠珠，你的話說得對極了，我謹代表天下的農夫，送你一份禮物。」

吳慧珠一怔：「什麼禮物？」

黃子祺把手攤開放在她跟前，她冷不防低頭一看，只見一條全身淡紅色、滑溜溜的大蚯蚓正在她眼前蠕動着。

她吃驚地尖叫一聲，然後急速地往後退，站在她身後的周志明未及反應，被她撞了個正着，整個人便往身後的田間倒去。

幸虧他臨危不亂，很快便站穩腳步，並未有摔傷，但由於上星期連日暴雨，田裏的泥土仍然有點濕潤，落在田裏的他難免黏上一腳泥巴。

周志明狼狽地從田間跳出來，氣呼呼地找吳慧珠算賬：「豬豬，你看你幹的好事！」

吳慧珠慌忙擺着手道：「這可不關我的事，是黃子祺故意拿蚯蚓來嚇唬我啊！」

周志明旋即回頭，狠狠地瞅了黃子祺一眼。

黃子祺見勢色不對，忙嘻嘻地陪笑說：「你別生氣嘛，這只是個意外，我們是好兄弟啊，我只是想幫你教訓珠珠而已。」

周志明不懷好意地笑：「好呀，為表答謝，不如我也送你一份禮物作回禮，好嗎？」

「不用了，謝謝！」黃子祺說完趕緊便跑，周志明緊追在後。

看着這對活寶貝在旁邊你追我逐，大家都被他們逗樂了，握着鋤頭翻土時也特別的起勁。

自此之後，大家比以前更勤奮地輪流為農田澆水拔草，胡直和江小柔更是時刻留意着天文台的天氣預報，如遇上惡劣的天氣或颱颱風，他們便會預先在農田上方蓋上厚厚的帆布，以防萬一。

在大家的悉心照料下，田裏的生菜和番茄開始茁壯成長。

接下來的兩個多月，番茄首先長出小花蕾，繼而開滿燦爛的小黃花，然後再由一朵朵小黃花慢慢結成一個個又紅又大的番茄。它們的整個生命歷程，深深地震撼着每個同學的心，他們都紛紛驚歎大自然的奇妙。

江小柔更是雀躍萬分:「太好了，結出果實了！結出果實了！」

看到江小柔喜悅的笑臉，大家內心都不期然地感到欣慰：「這次總算沒有白費功夫了！」

第十一章 大豐收

這天上周會時，羅校長笑容滿臉地向大家報喜：「各位同學，綠色運動推行了接近三個月，到了今天，我終於看到你們努力的成果了。」

台下立時起了小騷動，大家都七嘴八舌地在猜測，到底哪一班才是「綠色小天使」。

文樂心仰着頭，臉上充滿着一份熱切的期盼：「我們班會有希望嗎？」

高立民澆她冷水道：

不一會，羅校長清了清喉嚨，煞有介事地宣布：「經由老師們慎重評選，第一季的『綠色小天使』終於誕生了，他們就是——」

當高立民和文樂心等人聽到羅校長喊出他們的班別時，都幾乎不敢相信自己的耳朵，直至看到其他同學都朝他們的方向歡呼拍掌，才知道原來是真的呢！

一回到教室，徐老師便對着全班同學欣慰地拍掌笑說：「我真的沒想到，你們居然可以從『浪費大王』變

成『綠色小天使』，這都是你們努力的成果，做得好！」

黃子祺伸出大拇指拭了拭鼻頭，神氣十足地說：「如果沒有我超凡的忍耐力配合，你們又怎麼可能成功？嘿嘿！」

謝海詩白他一眼，冷冷地糾正他：「別臭美了，這可是全班的功勞好嗎？」

「怎麼嘛，我也是班裏的一分子啊，不是嗎？」黃子祺仍然厚着臉皮嘻嘻笑。

他的厚顏，連平日驕傲慣了的謝海詩也不得不甘拜下風，她乾脆轉而問徐老師：「既然是這麼好的消息，我們是不是該慶祝一下啊？」

「對啊，我們辛苦了接近三個月，也該是時候輕鬆一下了吧？」同學們趕緊點頭。

徐老師看着眼前一雙雙殷切的眼睛，忍不住心軟地道：「你們種的生菜和番茄應該都差不多可以收割了。明天下課後，我們便利用這些新鮮的食材，一起上一堂廚藝課吧，好嗎？」

愛吃的吳慧珠一聽，高興得立馬舉起雙手大喊：「萬歲！」

其他同學聽到有機會可以又玩又吃，自然也無不拍掌讚好。

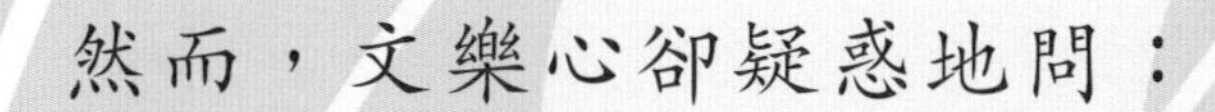

然而，文樂心卻疑惑地問：「徐老師，我們只有生菜和番茄，能做些什麼食物呢？」

吳慧珠搶先接口道：「這還不簡單？用它們來做沙拉和三明治就最合適不過了，不是嗎？」

江小柔也主動提出：「那麼，就由我來負責買麪包和沙拉醬吧！」

徐老師笑着點點頭：「好，我們就這麼約定吧！」

第二天午後，大家都以最快的速度吃完午餐，然後一起聚在田間，開始為他們的農作物進行收割儀式。

一顆顆鮮豔欲滴的番茄以及一棵棵青翠嫩綠的生菜，轉瞬間便安安穩穩地躺進籃子裏，還隱約透着陣陣新鮮的蔬果味兒。

文樂心取出早已預備的照相機，一隻手托着紅彤彤的番茄，另一隻手握着一棵翠綠的生菜，請江小柔替她拍照留念。

待得文樂心拍照完畢，其他同學都爭相上前拍照，那些番茄和生菜被他們當作道具似的傳來傳去，有好幾次還幾乎要滑到地上去了。

終於，胡直忍不住上前奪走他們手上的「道具」，有點不客氣地說：

「好啦，你們都不許再拍照了，要不然我們的豐收派對便得變成失收派對了呢！」

始作俑者的文樂心急忙紅着臉把照相機收回去，跟大家連聲道歉：「對不起啊，對不起！」

第十二章 老虎也吃素

整個下午，同學們都無心上課，等到下課鈴聲一響，大家立即振臂歡呼，迅速把桌椅挪到一旁，然後取出早已收割好的蔬果，預備開始製作沙拉和三明治。

徐老師捧着一籃子烹飪工具走進來，先把好幾個膠盒子交給同學，吩咐他們把生菜和番茄拿到洗手間洗乾淨，然後開始為大家示範怎樣把生菜和番茄切成所需的大小。

徐老師示範完後，便把水果刀交到正好站在旁邊的文樂心手上，說：「好啦，輪到你們上場了！」

廚藝不精的文樂心只好硬着頭皮從老師手上接過刀子，然後小聲地向身邊的高立民求救：「怎麼辦？我從來沒有握過刀啊！」

高立民嗤笑一聲道：「這有何難？我早就學會了啦！」

「太好了，那就拜託我們的大廚師出馬囉！」

其實文樂心早已料到高立民必定會這麼說，於是立刻把刀子往他跟前一擱，便樂滋滋地溜到一旁跟江小柔嬉鬧去了。

高立民這才知道自己上了她的當，但當着徐老師的面又不好發作，只好懊悔萬分地嘮叨：「這個小辮子真可惡！」

高立民倒非胡亂吹嘘，他握起刀來真的有板有眼，連徐老師也驚喜地讚道：「想不到小小年紀的你居然會做飯喲！」

徐老師高聲跟其他同學說：「你們快來看看高立民是怎麼做的，向他好好學習。」

老師的嘉許令高立民心花怒放，紅着臉搔了搔頭說：「這也沒什麼，我媽媽工作很忙，所以我回家後都會幫忙做點家務，做着做着便自然懂了。」

大家對他都深感佩服：「哇，高立民你很厲害啊！」

高立民樂得一陣飄飄然，當然也就不會再怪文樂心把工作丟給他了。

不一會兒，沙拉和三明治都做好了，同學們自動自覺地取出自己的餐盒和餐具，把食物盛在餐盒內，然後開始不客氣地大吃起來，其中當然也包括了偏食大王周志明。

吳慧珠發現周志明正在大口大口

地吃着沙拉，而且還一臉津津有味的樣子，驚訝不已，忙捧着餐盒來到他的身旁，怪里怪氣地取笑他道：「嗳呀，只愛吃肉的老虎，什麼時候也吃起素來了？」

周志明沒好氣地白她一眼，回應道：「這些蔬菜可是我們辛辛苦苦種出來的，當然是特別好吃的啦！」

徐老師看在眼裏很是欣慰，連連點頭道：「想不到推行這個綠色運動，除了能提高大家的環保意識外，還能改善同學們偏食的壞習慣，倒真

是意外收穫呢！我一定要告訴校長這件事，好讓綠色運動能長期推行下去。」

周志明馬上臉色大變，心中慘叫：「不會吧？那往後我豈不是每天都得吃難吃的蔬菜？救命呀！」

鬥嘴一班

綠色小天使

作　　者：卓瑩
插　　圖：Chiki Wong
責任編輯：劉慧燕
美術設計：李成宇
出　　版：新雅文化事業有限公司
香港英皇道 499 號北角工業大廈 18 樓
電話：(852) 2138 7998
傳真：(852) 2597 4003
網址：http://www.sunya.com.hk
電郵：marketing@sunya.com.hk
發　　行：香港聯合書刊物流有限公司
香港荃灣德士古道 220-248 號荃灣工業中心 16 樓
電話：(852) 2150 2100
傳真：(852) 2407 3062
電郵：info@suplogistics.com.hk
印　　刷：中華商務彩色印刷有限公司
香港新界大埔汀麗路 36 號
版　　次：二〇一五年十月初版
二〇二一年三月第六次印刷

ISBN: 978-962-08-6430-8

18/F, North Point Industrial Building, 499 King's Road, Hong Kong
Published in Hong Kong, China
Printed in China